Les enquêtes

du commissaire RECHERCHE

Le cadavre sans tête

Jean-Claude TRANIER

Les enquêtes du commissaire RECHERCHE

Le cadavre sans tête

Nouvelle policière

© 2022 Jean-Claude TRANIER

Édition : BoD – Books on Demand, info@bod.fr

Impression : BoD – Books on Demand, In de Tarpen 42, Norderstedt (Allemagne)
Impression à la demande

ISBN : 978-2-3223-9303-9

Dépôt légal : juillet 2022

*Je remercie Béatrice Monge
qui a collaboré
à la rédaction et à la réalisation
de cette nouvelle.*

Nous sommes fin octobre. Le froid tombe sur les épaules des rares passants. Des gelées matinales commencent à apparaître. Dans la place unique du village d'Ici, ville de 15 000 âmes, même les mûriers semblent congelés.

Sa fontaine, au centre, classée aux monuments historiques du temps de sa splendeur, ne recrache depuis des années qu'un jet d'eau malingre et irrégulier.

Depuis peu, il n'y coule plus, car la pompe est défectueuse. « Pas de budget pour la réparer », se défend le maire quand ses administrés viennent se plaindre auprès de lui.

Les deux agents municipaux Feuillus et Ramasse sont vigilants sur la propreté du lieu. Le maire, monsieur Civil leur a donné l'ordre de balayer tous les jours et de nettoyer cette fontaine avec soin pour que les rares visiteurs soient satisfaits de leur déplacement.

Il désire redynamiser sa commune et y installer un camping dans le prolongement du parc de la Balade et du ruisseau Claireau qui se trouve sur le côté du terrain. Il souhaite y créer un restaurant dont il confierait la gérance à son vieil ami Ventrevide, déjà propriétaire de « À la bonne table ».

Pour cela, il dépose des dossiers auprès de l'état depuis des années, ceci afin d'obtenir des dotations. « Avec l'argent, la place du souvenir, ses arbres et sa fontaine retrouveraient leur éclat d'antan », affirmet-il. Mais la préfecture lui a dit qu'un autre projet était prévu. C'était l'implantation d'un nouveau commissariat à la place de l'ancien poste de police. Pour le camping, il lui faudrait attendre son prochain mandat dans la mesure où il serait réélu.

Il est onze heures du matin, Feuillus a déjà commencé son travail quotidien. Il marmonne, car son collègue Ramasse est encore en retard, comme tous les jours. Il devra le signaler au chef, non pas que ce soit un délateur, mais tout de même il exagère. Ce n'est pas parce qu'il est le plus ancien qu'il doit se permettre de se pointer toujours une heure après la bataille.

Il n'en peut plus de toutes ces feuilles qui tombent sans cesse dans la fontaine. « *Ils n'auraient pas pu planter les platanes un peu plus loin, non, s'énerve-t-il. Quand je pense que le maire en est à son troisième mandat alors qu'il ne sort jamais de son bureau. Ah, ces élus, tous des planqués. »*

Il s'approche de la fontaine.

Aujourd'hui, il va commencer par elle. Puis, il fera une pause avant de balayer la rue du Rendez-vous et celle du coupe-gorge. Il ne l'aime pas, car elle est étroite et elle le renvoie aux heures les plus sombres de la ville. Chaque fois qu'il y travaille, il observe tous les recoins, au cas où le tueur en série se serait échappé de la prison de l'oubli et s'y cacherait.

Derrière lui, il entend un bruit.

Il se retourne et semble apercevoir une ombre, mais non, il n'y a rien, ce n'est que son imagination.

« *Ah, voilà Ramasse, pas trop tôt !* »

— Tu en as mis un temps pour arriver aujourd'hui.

— Oui, j'ai dû aller à la pharmacie pour les enfants et j'ai croisé mademoiselle Officine. Elle m'a appris que le PDG de la société Sa Pharm avait encore augmenté ses honoraires alors qu'un plan social d'envergure est en cours. Elle était outrée. Elle se demande d'ailleurs si son mari Médoc va pouvoir garder son emploi.

— Bon, on se met au boulot ? Je ne sais pas ce qui s'est passé cette nuit, mais ça sent drôlement mauvais. Ce doit être des feuilles qui pourrissent.

Ils s'approchent tous deux du puits en se bouchant le nez. Une odeur putride s'en échappe.

C'est intenable.

— On devrait se rendre à la pharmacie et demander des masques et des gants à Mlle Officine. Il doit y avoir un rat mort là-dedans.

— Un rat ne sentirait pas aussi fort. Bon allez, on se lance.

Armé de son courage, Ramasse soulève un gros paquet de moisissure et le jette dans un conteneur fourni par la mairie.

— Qu'est-ce que c'est ça ? crie Feuillus en apercevant une énorme masse sombre au fond de la fontaine.

— C'est quoi cette forme ?

— Montre ! Ah oui. L'odeur, l'odeur, mais c'est un sac.

Ramasse, qui voulait se faire pardonner son retard, dit :

— Je m'en occupe.

Il s'agenouille sur la margelle et tente de soulever ce qui ressemble à une immense bâche noire. « *Elle est bien volumineuse, se dit-il. Allez courage vieux, montre à Feuillus que tu peux faire le sale boulot, comme ça, il ne caftera pas. Allez, un, deux, trois. Et voilà, dans mes bras.* »

— Aide-moi, c'est hyper lourd !

— Tu n'as qu'à tout jeter par terre.

— Je n'y arrive pas, bouge-toi.

Devant la détresse de son collègue, Feuillus, malgré la puanteur, empoigne l'autre partie de la forme. D'un seul geste, ils laissent tomber tout le paquet sans ménagement.

— Quelle horreur ! Ça ressemble à… Je préfère ne pas le dire !

— Pitain, qu'est-ce qu'il peut bien y avoir là-dedans ?

— Ben, il faut l'ouvrir pour le savoir.

Une corde épaisse l'entoure. Les deux employés municipaux sortent leur tenaille, coupe le cordage et déchire le plastique, tout en évitant de respirer.

— Je m'en souviendrai de cette journée. Si j'avais su, j'aurais été vraiment malade, se plaint Ramasse.

— On dirait une forme humaine. Pas très joli, joli tout ça.

— Ouaich, je crois qu'on est tombé sur un gros lot. Allez, on ouvre.

— Ahhhhhhhhhhhhhhhhhhhhhhhhhh hhhhhhhhh ! s'époumone Feuillus, mais c'est un corps.

— C'est plein de sang.

Ramasse s'était évanoui, il n'a pas entendu la fin de la phrase.

Tandis que l'employé municipal court en gémissant comme si un chien lui avait mordu les fesses, un événement notable se prépare dans la salle des fêtes non loin : c'est la nomination de l'inspecteur principal Recherche au grade de commissaire. Tout le gratin est présent : Civil, le maire, messieurs Aides et Secret les inspecteurs, mademoiselle Bouquet la fille du fleuriste, monsieur Ventrevide et bien sûr monsieur l'État. Ils sont tous autour de la table bien garnie avec champagne et caviar à gogo. Rien ne retient tout ce beau monde, ni leur savoir-vivre ni leur éducation. Ils renversent les coupes pour être servis en premier et engloutissent les petits fours les uns après les autres sans se préoccuper de tous les convives. « *C'est toujours comme ça, pense Recherche, les gens se transforment en loups affamés et assoiffés dès qu'un buffet est gratuit.* »

— Que fait Médoc, il n'est pas ici ? C'est étrange de sa part, se questionne tout haut le commissaire. Il est peut-être en tournée.

Ou bien, il est resté au siège de sa société au sujet du plan social.

— Moi, ça ne m'étonne pas qu'il soit absent, dit Secret. Personne ne l'aime ici. Son épouse va demander le divorce, m'a-t-on dit. Elle a appris qu'il la trompait avec mademoiselle Bouquet. Elle n'a pas du tout apprécié. Les deux femmes se sont même crêpé le chignon l'autre jour.

— Vous en savez bien des choses sur sa vie privée, inspecteur.

— C'est mon métier, monsieur le commissaire.

Tout à coup, une clameur envahit la salle.

— C'est quoi toute cette agitation dehors ? s'inquiète le maire.

— Commissaire, il y a un macchabée dans la fontaine.

— Quoi ? Ça ne va pas recommencer. On a déjà eu le coupe-gorge et maintenant la fontaine.

— Qu'est-ce qu'elle a à voir avec tout ça ma rue ? s'énerve monsieur Saigneur, le boucher charcutier. Ça fait 15 ans que le drame s'est déroulé. Bon, OK, il y avait onze victimes avec la tête tranchée, mais c'est une histoire oubliée depuis des années.

— Ben justement, d'après Feuillus, le défunt aurait été décapité et ses doigts auraient été tranchés.

Sur place, une foule compacte empêche le commissaire et les inspecteurs de passer.

— Écartez-vous ! reculez-vous ! Police ! s'égosille Aides.

— Quelle odeur fétide ! se plaint Civil qui observe le corps visible depuis son emplacement. Il est mort depuis au moins une semaine.

— Pas sûr, les cadavres se décomposent vite quand ils sont en morceau, répond Aides.

— Secret, téléphonez au médecin légiste Légal. Dites-lui qu'il se rende sur la place du souvenir en urgence, demande Recherche. On a une dépouille sur le dos.

En un temps record, l'expert médical arrive sur les lieux. Dans sa tenue blanche devenue grise qui l'enveloppe de la tête aux pieds, il examine le défunt durant de longues minutes.

Puis, il plonge son visage dans la fontaine. Il a l'habitude de se frotter à ce type de situation depuis le temps qu'il fait ce métier et plus rien de l'affecte, ni le sang, ni les mutilations, ni les relents qui proviennent d'un corps en décomposition.

Dans sa famille, ils affirment qu'il est blindé et qu'il n'a pas de cœur, ce qui est faux. Il est utile à la société, et pour lui, c'est le plus important. Sa souffrance interne ne regarde que lui.

— Vous autres, dit le commissaire, en s'adressant aux agents municipaux qui ont trouvé le corps, il faudrait me nettoyer cette fontaine. Peut-être que les doigts de ce pauvre malheureux y sont si le meurtrier les a jetés en même temps que le sac.

— Ça a été fait ce matin. Nous n'avons rien remarqué de suspect, lui répond Aides.

Les spectateurs cherchent à entrevoir le corps, mais n'y parviennent pas. Les inspecteurs ont installé autour de la scène du crime une longue bâche de protection et ont repoussé les curieux derrière un périmètre de sécurité.

Le médecin s'approche de l'officier de justice qui est figé à ses côtés, avec un bloc-notes dans les mains.

— Tu n'as pas de chance, mon vieux, affirme Légal au commissaire, on a affaire à un acte crapuleux. Plus de tête et plus de doigts. Pour l'identifier, ça va être coton.

— À qui le dis-tu ? C'était devenu un village tranquille depuis que le meurtrier de la rue du Coupe-Gorge est au frais. Eh bien, non, ça recommence, au moment de ma nomination en plus.

— Bon, je vais procéder à une levée du corps. Je te tiens au courant. Aucun détail ne sera laissé de côté. Tu auras mon rapport sur ton bureau dans quelques jours. Ah ! Voilà, Lafouine.

Après avoir salué le commissaire et ses adjoints, le médecin légiste et le maire, le juge d'instruction observe lui aussi le cadavre, ou du moins ce qu'il en reste. Une nausée l'envahit immédiatement.

— C'est une affaire qui s'annonce très complexe. Le corps n'est pas identifiable. Dès que vous aurez de nouveaux éléments en votre possession, vous me les communiquerez. Je vais ouvrir une information judiciaire.

— Nous devons trouver la tête et les doigts pour le reconnaître. Aides, Secret, réunissez tous les citoyens volontaires et organisez une battue. Il me les faut dans mon bureau avant ce soir.

— Ce soir ? Bon, on y va, répliquent les enquêteurs en maugréant.

Les heures passent. La place a recouvré son aspect originel. Un silence pesant s'est abattu sur le bourg. Les habitants d'Ici, tous calfeutrés dans leur demeure, ont peur. Si le meurtrier frappait à leur porte et les assassinait, eux aussi. Un nouveau tueur serait-il parmi eux ?

Les policiers travaillent sans relâche. Ils tentent de croiser les pistes et traquent le moindre indice. L'enquête progresse lentement, car ils n'ont pas encore retrouvé la tête.

Ce jour-là, Recherche et ses adjoints sont réunis dans le commissariat, ils ont besoin de faire le point sur l'avancée des fouilles.

Tout à coup, un homme frappe à la porte du bureau. De surprise, ils sursautent. Ils ouvrent sur un homme petit et maigre qui semble prêt à livrer un secret.

— Je suis monsieur Regard. J'ai aperçu aux alentours de la fontaine, la veille de la découverte du corps, une silhouette drapée d'une cape sombre. Mais c'était très tard et la nuit était noire. Je n'ai pas pu voir la personne en détail.

— Merci pour votre témoignage. Nous allons tenir compte de votre déposition, répond le commissaire en lui donnant congé. Nous vous convoquerons si nous avons encore besoin de vous, tenez-vous à la disposition de la justice.

— Alors cette tête, vous la cherchez ? s'énerve-t-il auprès de ses adjoints.

— Chef, on a fouillé dans les environs, impossible de la trouver.

— Les têtes vont tomber si on n'avance pas !

— Il n'y a pas que la tête qui compte pour savoir qui est la victime, se permet Secret.

— Que voulez-vous dire ?

— Depuis la découverte du cadavre, j'ai beaucoup observé ce qui s'est passé dans le village.

— Et alors ?

— Pour l'instant, ce ne sont que des suppositions, donc je préfère garder pour moi le résultat de mon enquête personnelle.

— Mais enfin Secret, si vous connaissez la victime, dites-le tout de suite, c'est un ordre.

— Je vais plutôt vous donner une piste. Qui manquait-il à votre nomination, et qui est normalement toujours présent dans les fêtes et vernissages ?

Qui était aussi absent sur la place lors de la découverte du corps ?

— Eh bien, maintenant, on va jouer aux devinettes ! s'amuse Aides.

Le commissaire se frotte le front. Ses adjoints l'observent. Il semble avoir trouvé de qui il s'agissait. « *Rien n'est sûr, il nous faut des preuves tangibles, pense-t-il* ».

— Je vais réfléchir à votre piste. Mais en attendant, à trois, je veux que vous soyez dans les bois d'Ici.

— OK, chef, on y va de ce pas. On va le passer au peigne fin, croyez-moi ! On fera « La balade » dans son intégralité.

Les hommes, aidés par des volontaires qui sont venus de tout le pays de Lagrande, parcourent la contrée sans relâche du matin au soir durant plusieurs jours. Rien. Prêts à abandonner, ils décident de sonder les fossés aux abords du parc. Puis, oh stupéfaction ! Un vagissement se fait entendre. C'est Ventrevide qui hurle qu'il a trouvé quelque chose. Tout le monde se précipite vers les cris. Il y a effectivement une forme qui ressemble à un visage dans un buisson.

Informé par ses comparses, Recherche arrive sur le lieu du regroupement, suivi de près par Légal qui habite dans la commune juste à côté d'Ici.

Quelques minutes plus tard :

— C'est bien ce que nous cherchions, mais il va falloir que je la compare au corps. Je vais devoir étudier en premier la dentition, dit le médecin légiste.

— S'il l'a encore une le pauvre bougre, répond l'officier qui a eu le temps de s'apercevoir que la tête était bien endommagée.

— Maintenant, il nous reste à trouver les doigts, et le personnage sera au complet, reprend Légal.

Il avait déjà fait un prélèvement ADN sur le corps.

Dans quelques jours à peine, il pourrait annoncer au commissaire l'identité de la victime.

Le surlendemain, dans les locaux de la police, Secret, qui est toujours en train de mener ses investigations, répond au téléphone.

— Légal veut vous parler, chef.

Le médecin légiste, sûr de lui, récapitule tout ce qu'il a découvert sur le corps. À l'écoute, les flics écarquillent les yeux, sauf Secret qui n'est pas surpris par ses révélations.

Lorsque Légal a raccroché, l'inspecteur dit d'un ton de vainqueur :

— Je savais que c'était lui le grand absent dans le village depuis le meurtre.

— Un peu facile, réplique son collègue.

— Maintenant, nous allons pouvoir débuter l'enquête, se réjouit le commissaire. Médoc ne s'était pas fait que des amis ici et à son travail. Il avait d'ailleurs l'intention de donner sa démission du groupe pharmaceutique. Il devait être licencié. Une faute devait lui être signifiée dans les prochains jours, car il avait insulté un supérieur hiérarchique deux ou trois fois de suite, ce qui lui avait déjà coûté une mise à pied.

— Il disait qu'il désirait se consacrer entièrement à la gérance du magasin de sa femme, mademoiselle Officine. Ceci afin de faire taire les mauvaises langues, poursuit Secret.

— Sauf qu'un ami qui les connaît bien m'a rapporté qu'elle souhaitait demander le divorce, rajoute Aides.

— Parce qu'il la trompait depuis des années avec Mlle Bouquet, l'épouse de Ventrevide, explique Secret.

— Nous avons beaucoup de suspects. Convoquez-moi Bouquet et Officine en premier. On va écouter ce qu'elles ont à nous dire.

Demain, je voudrais Ventrevide dans mon bureau. Le cocu s'est peut-être vengé. Après, ce sera au tour du boucher Saigneur.

— Et Civil, chef, rajoute Secret, il le détestait depuis qu'ils ont fait le service militaire ensemble. Une sombre histoire de jalousie. J'ai ouï dire qu'ils accumulent des contentieux depuis très longtemps.

— Avec les élus, il faut prendre des gants. Je vais réfléchir à la manière de l'inciter à me rendre visite. Pouvez-vous approfondir vos investigations ? J'aimerais avoir un dossier complet sur les relations entre le maire et Médoc.

Il se tourne vers ses adjoints et leur demande de commencer à récolter des témoignages et à débuter les perquisitions chez les principaux suspects.

— Il faut aussi chercher l'arme du crime en urgence !

Les jours passent, mais peu d'éléments nouveaux permettent à nos fins limiers de trouver le coupable. Le préfet et le juge d'instruction se rendent régulièrement dans le bureau du commissaire pour glaner des informations, mais ils en repartent souvent déçus.

Un couteau, qui a probablement servi pour le meurtre, a été retrouvé dans une bouche d'égout non loin de la fontaine. Du sang avait séché dessus. Avec mille précautions, il a été envoyé à la police scientifique pour examen.

Officine et Bouquet ont au cours de leur interrogatoire prouvé qu'elles étaient à leur travail, ce qui a été corroboré par leurs proches. Elles tiennent toutes les deux des commerces qui ferment tard le soir.

Madame Ventrevide, alias Bouquet, servait les derniers clients de son restaurant et Officine s'occupait de la comptabilité de la pharmacie avec son comptable. Elles ne sont donc plus suspectes.

Monsieur Ventrevide, quant à lui, affirme n'avoir eu aucun intérêt à tuer Médoc, même s'il savait que son épouse le trompait avec lui. Il n'avait plus de sentiments pour elle depuis longtemps. Ils ne faisaient que cohabiter et faisaient chambre à part. Ils gardaient toutefois des rapports cardiaux pour bien collaborer dans leur restaurant.

— Croyez-moi, Médoc était un bon bougre. Il distrayait ma femme, comme ça elle était plus aimable. Elle était plus gaie et plus serviable lors des services. Puis, j'ai un alibi, je travaillais le soir du meurtre. Les clients et le personnel peuvent témoigner de ma présence derrière les fourneaux.

Plusieurs semaines se déroulent ainsi, sans qu'aucun élément tangible ne fasse avancer l'enquête. Les convocations et les perquisitions ont débuté, mais les enquêteurs n'ont toujours pas trouvé le meurtrier.

Secret a bien sa petite idée, mais le terrain est miné. Il n'a pas de preuves, mais a versé tout ce qu'il sait au dossier. Ses recherches et les interrogatoires de l'épouse et de la maîtresse de la victime ont fourni beaucoup d'informations nouvelles.

Médoc aurait découvert, d'après sa femme, que le maire était corrompu. Ce dernier aurait accepté de nombreux pots-de-vin et Médoc voulait le dénoncer.

— C'est une piste très sérieuse, dit Recherche en lisant le rapport.

— Mais ça ne peut pas être un élu qui commandite et exécute un meurtre aussi sordide ! se questionne un inspecteur.

— Il s'est peut-être fait aider par le boucher. D'ailleurs, le couteau provient de sa boucherie, c'est confirmé. Les analyses du sang recueilli sur le couteau le prouvent.

Puis, un client du magasin est venu au commissariat avant-hier. Il aurait surpris une discussion bizarre entendue depuis l'arrière-boutique. Ça parlait d'un gros fouineur qui méritait qu'on lui fasse la peau.

— Effectivement, tout ça est bien louche, répondent-ils tout en cœur.

« Quel sale boulot ! Des fois, je préférerais faire autre chose de ma vie que flic en chef. Maintenant, il va falloir que je convoque Civil, mon maire depuis dix ans. »

— Saigneur nous a dit qu'il était dans sa boucherie. Il n'a même pas remarqué qu'un couteau manquait. Il a en tellement, nous a-t-il confié en plaisantant. Par contre, lors de notre entretien, je me suis rendu compte qu'il haïssait le défunt.

— Un de plus. Pourquoi le détestait-il ?

— Le disparu voulait le dénoncer auprès d'une association de protection des animaux pour une histoire de maltraitance animale qu'il aurait découverte depuis peu.

— Qu'a dit le boucher exactement ?

— Ils se disputaient très souvent à ce propos. M. Médoc se trompait d'après lui, car les bêtes de sa boucherie proviennent d'un élevage tout à fait aux normes. Et quand il les stocke dans les frigos, elles sont déjà mortes et en pièces. C'est son abattoir qui s'occupe de tout.

— L'abattoir lui appartient ? Vérifiez-moi moi ça Aides ! Bon, on avance bien dans notre enquête. On a maintenant plusieurs suspects sérieux !

— Le boucher, c'est un peu facile, mais possible. Il faudra le surveiller l'animal, reprend Secret.

— Bon, il nous faut des preuves, et ça, vous le savez tous, c'est le plus compliqué à obtenir. Pourquoi ne rendriez-vous pas une petite visite dans cet abattoir ?

— OK, on ira la nuit prochaine, comme ça on sera incognito, propose Aides.

— Tu veux nous faire travailler la nuit maintenant ? On peut d'abord y faire un tour officiellement pour vérifier qui est le propriétaire et une autre fois plus tard.

— Je vais demander au juge qu'il nous délivre un mandat de perquisition. Je vais devoir être convaincant, car nous n'avons pas encore de preuves.

— On les trouvera. On va charcuter les employés !

— Allez-y mollo les gars, je ne veux pas qu'il nous tombe un dépôt de plainte sur la tête.

— Faites-nous confiance, chef, dit Secret, on est les rois de la discrétion.

— Très bien, moi je vais m'occuper du maire.

Dans le village, les habitants, choqués par ce nouvel assassinat, se terrent toujours chez eux, mais les langues commencent à se délier. Chacun a sa propre opinion sur le présumé coupable. Pour la plupart d'entre eux, ce ne peut être que Ventrevide.

Le commissaire convoque le jour même le premier magistrat de la ville. Très embarrassé par cette tâche, il lui demande tout de même ce qu'il faisait le soir du meurtre. En étudiant sa gestuelle et ses rictus, il se rend compte que ses mains tremblent et que l'élu semble très mal à l'aise, surtout quand il répond qu'il était encore dans son bureau et qu'il travaillait sur des dossiers urgents.

— Je suis sorti à minuit. Je suis rentré immédiatement chez moi et me suis couché, très fatigué.

— Vous n'avez rien vu de suspect ?

— Non rien, la fontaine est loin de mon trajet.

— Peut-on vérifier vos dires ? Vous étiez seul en partant de la mairie ? Une personne vous attendait chez vous ? Une femme, des enfants ?

— Malheureusement, je suis célibataire et mes enfants sont bien ingrats. Avec tout ce que je fais pour eux. Vous voyez ce que je veux dire ? Je paye les études, les studios. Nous devons tout leur offrir, car Monsieur-dame poursuivent une longue scolarité et ne peuvent pas travailler en même temps.

Et quand il s'agit de rendre une visite à leur père, il n'y a plus personne.

— Il faut beaucoup d'argent pour subvenir aux besoins de ses enfants de nos jours, surtout s'ils comptent sur papa. Mais monsieur Civil, à la mairie, vous gagnez bien votre vie ?

— On est une petite commune Ici et mon salaire n'est pas bien élevé.

— Des cadeaux en plus pour compléter vos faibles revenus ?

— Drôle de question mais n'y pensez même pas ! C'est passé de mode et c'est interdit. Vous le savez encore mieux que moi commissaire.

— Les prisons sont remplies de gens qui outrepassent les lois.

À ces mots, le maire tressaillit, ce qui n'échappe pas au regard du gradé.

— Vous n'avez rien à me déclarer ? Vous pouvez vous confier à moi, nous sommes en famille ici.

— Non, rien, je n'ai rien à dévoiler. Puis-je me retirer ? J'ai du travail.

— Un client du boucher vous a entendu parler d'un gros fouineur à éliminer. Évoquiez-vous de monsieur Médoc ?

— Oui, j'ai bien eu cette discussion avec Saigneur, mais nous n'avons jamais dit qu'il devait être supprimé.

— Je viendrai vous voir chez vous bientôt, si cela ne vous gêne pas. On est tous secoués par ce meurtre et je ressens un fort besoin de converser avec les habitants.

— Je suis considéré comme suspect ?

— Médoc était détesté par la moitié du village, dont vous si je ne m'abuse. Donc vous en faites partie, comme les autres.

— Je n'avais rien contre ce pauvre vieux. Des petites engueulades de jeunesse, rien de plus.

— On reparle de tout cela bientôt si vous voulez bien. Préparez le whisky et les glaçons !

« Il y a une caméra installée en face de la mairie, se dit le chef de la police. Je vais dire à un inspecteur de la visionner. On va bien voir s'il ment ou dit la vérité. Je vais aussi demander à Lafouine de le placer sur écoute. Tiens ? Je vais appeler le juge tout de suite. »

— Lafouine ? Comment ça va ? Il me faudrait un mandat de perquisition pour rendre visite à l'abattoir Tuetropvite. Une association de végans, dont Médoc était le vice-président, a déposé une plainte pour maltraitance sur les animaux. J'aimerais connaître son propriétaire. Si c'est le boucher, on pourrait avancer dans notre enquête. Peux-tu aussi me les placer sur écoute ?

— Ça va être dur. Mais tu peux les surveiller de manière moins officielle, tu vois ce que je veux dire ?

— Une perquisition de l'hôtel de ville, c'est possible ?

— Trouve des éléments et on en reparle.

— OK, je vais rendre souvent des visites à nos deux lascars.

— Tu es un fin limier, rien ne t'échappe. J'approuve toujours tes conclusions, même quand tu fais des erreurs, tu le sais.

Le lendemain, alors que le commissaire préparait son prochain entretien avec Civil, son adjoint Aides ouvre la porte de son bureau. Il a des informations de première importance à lui révéler. Après vérification de la déposition de Mme Ventrevide, elle était bien avec son mari dans le restaurant. Tout le personnel l'a confirmé.

— Pourriez-vous demander à la société qui gère les caméras devant la mairie de nous faire passer les bobines du soir du meurtre ? J'ai une intuition qui me titille. Je voudrais aussi que vous me fassiez une recherche approfondie sur ses fameux pots-de-vin.

— Comment je vais faire ça chef ? Ils ne vont pas me montrer leur comptabilité comme ça.

— Deviens le confident du trésorier, interroge sa femme, sa maîtresse, ses amis, ses ennemis et tous les employés.

— Et les congés que j'ai posés chef ?

— Tu ne les prends pas. On a un meurtre sur le dos tout de même.

Une semaine après. Les deux policiers sont allés consulter leurs indics, mais ça n'a rien donné de ce côté-là. Par contre, l'un d'eux avait toujours sur lui son trousseau de clés passe-partout utilisé lors de son dernier cambriolage. Sous la menace des inspecteurs qui connaissent bien ses petits trafics de drogue, il accepte de rendre une visite nocturne dans les bureaux de l'abattoir et de leur ramener la liste du personnel et le nom des dirigeants.

— Ça ne sera pas facile, il doit y avoir des caméras partout, s'inquiète l'indic.

— Tu sais les déjouer, tu nous l'as déjà prouvé mille fois.

— Oui, mais j'ai perdu la main et je me suis rangé. J'ai une femme et des enfants maintenant.

— Mais c'est qu'il deviendrait une petite mauviette, notre voyou du coin. Allez, tu ne risques rien et nous on te couvre. On sera là Fredo.

De son côté, le commissaire poursuit son investigation. Tous les potentiels suspects ont été interrogés et il a analysé tous les indices. L'étau se resserre sur quelques personnes.

En feuilletant des archives auxquelles il a pu accéder, il a trouvé des documents officiels qui prouvent que le maire et le défunt ont fait l'armée ensemble et qu'ils étaient tous les deux sous-officiers dans la même caserne. Aucun mauvais accord n'était mentionné.

Dans le bureau, Officine, en pleurs, a répondu à toutes les questions. Civil était devenu, avec le temps, un ami de la famille, jusqu'au jour où il n'a pas voulu rembourser son prêt financier.

— C'était une grosse somme. Il disait qu'il l'honorerait, mais ne le faisait pas. Mon époux perdait patience. Il le menaçait de porter l'affaire devant la justice, mais Civil mentait régulièrement. Il a toujours besoin d'argent ce maire, je ne sais pas pourquoi. Dernièrement, ils s'évitaient, mais mon mari avait consulté un avocat spécialisé. Moi je le soutenais dans cette démarche. Le pauvre, il est mort maintenant. Mon Dieu, que vais-je devenir sans lui ? Même s'il me trompait, nous étions encore très attachés l'un à l'autre. Il me manque tellement.

— Combien lui avait-il emprunté et pour quelle raison ?

— 100 000 euros. C'est une belle somme. Il nous avait dit qu'il avait des arriérés à rembourser en urgence.

— Une idée du genre des dettes ?

— Avec mon époux, on se demandait si ce n'était pas une histoire de jeu. Tous les week-ends, il joue en privé dans des salles obscures. Il perd tout le temps ou alors il trempe dans la mafia, au choix.

— Je vous remercie pour votre aide précieuse. Avant qu'on se sépare, pourriez-vous me dire si vous le soupçonnez du meurtre ?

— Oui, c'est à lui que j'ai pensé en premier et aussi au boucher-charcutier.

— Pourquoi le boucher aurait-il voulu tuer votre mari, madame ?

— Vous saviez que mon époux était vice-président d'une association de lutte contre la maltraitance animale ? Cette association surveillait son abattoir depuis longtemps. Un ancien employé leur a fourni des photos et des vidéos de bestiaux égorgés à vif, alors que le protocole exige qu'ils soient groggy. C'est horrible ce qui se passe à l'intérieur. Si vous étiez déjà entré dans un tel lieu, vous ne mangeriez plus de viande.

— Mais pourquoi aurait-il voulu le supprimer ?

— Parce que l'association allait envoyer un dossier à la justice avec tous les éléments qu'elle possédait. Elle demandait à ce qu'il soit lourdement condamné et que son abattoir soit fermé.

— Comme se défendait Saigneur face à ces menaces ?

— Il répondait, lors des disputes, que ses employés tentaient de respecter les règles, mais qu'il y avait souvent des ratés à cause des cadences de travail infernales. Vous savez commissaire, c'est le seul dans tout le département. Il a beaucoup de demandes. Les ouvriers n'ont pas le temps de jouer aux sentimentaux. Si le job ne leur convient pas, ils démissionnent, ce qui arrive assez souvent.

— Je comprends. Ce doit être une activité ingrate et de surcroît pas très bien rémunérée.

— Si on ne mangeait pas de viande, les élevages et les abattoirs n'existeraient pas et on respecterait la vie animale.

— Je retiendrai cette leçon, madame. On va rapidement trouver le meurtrier de votre époux.

Après de telles révélations, le commissaire a l'espoir de boucler cette affaire dans les jours qui suivent. Il appelle Lafouine au téléphone pour lui annoncer les nouvelles positives. Il est très fier de l'avancée de l'enquête, mais pour l'instant il n'a que des mobiles, pas encore de preuves.

— Je vais vous fournir tous les mandats de perquisition que vous réclamez. Nous sommes en très bonne voie, affirme le juge, satisfait de l'évolution de l'affaire.

Puis, dans le bureau des inspecteurs :

— Quoi de neuf vous deux ?

— Alors là, vous allez être épaté. On a pu accéder aux archives du personnel de l'abattoir et parmi eux, un nom a attiré notre attention. C'est un ancien employé. Il a donné sa démission le mois dernier. Avec Aides, on est allés lui rendre une visite. Très intéressante notre petite conversation avec lui.

— Comment y êtes-vous parvenus ? demande le commissaire.

— C'est notre secret, chef.

— Je n'aime pas jouer aux devinettes inspecteur. Pourquoi a-t-il donné sa démission de l'abattoir ?

— Il nous a dit que ce métier ne lui convenait pas du tout. Qu'il en devenait fou !

— Que ce témoin soit dans mon bureau demain ! Vous avez fait du bon boulot, les gars. Je veux que vous me surveilliez le boucher jour et nuit, sinon, il risque de prendre le large.

— Eh voilà ! Encore des nuits à trimer.

— C'est un ordre. Ah ! Au fait. Avez-vous pu recueillir des infos sur les pratiques douteuses du maire ?

— À l'hôtel de ville, personne ne sait rien. Étrange, non ?

— J'ai réclamé une perquisition. En attendant, on va demander à consulter les archives des travaux publics et des appels d'offres des dix dernières années. Ça, on ne peut pas nous le refuser.

— OK, on y va de ce pas. Mais s'ils refusent de collaborer ?

— Dites-leur que lorsque l'enquête sera terminée, toutes les personnes qui auront fait obstruction à son avancée pourront être poursuivies. Vous allez voir, ils vont vous montrer tout ce que vous voulez.

Le lendemain, Recherche a une journée très chargée. Il doit d'abord recevoir l'ancien ouvrier de l'abattoir, puis le secrétaire du maire et enfin madame Bouquet-Ventrevide.

Le soir, il doit se rendre chez M. Civil.

L'ex-employé arrive de bonne heure au commissariat. Il confirme avoir donné sa démission, car ce métier était incompatible avec ses objectifs dans la vie.

— Ce travail ne vous convenait, car vous avez remarqué des maltraitances sur les animaux ?

— Oui, tout le temps, mais ce n'est pas la faute du patron ou du personnel. Les bêtes se débattent, crient, hurlent. On les rate souvent. Rien que d'en parler, j'en ai la chair de poule. Maintenant, je suis végétarien. On ne me fera plus jamais manger un seul morceau de viande.

— Autre chose à me signaler ?

— À la suite de mon départ, je me suis engagé dans l'association de M. MÉDOC. J'appréciais cet homme qui avait de grandes valeurs. Il se battait vraiment pour que ses dossiers aboutissent. Moi, j'étais devenu le secrétaire. On travaillait en bonne collaboration. Je vais le regretter.

— Qui peut avoir eu envie de l'éliminer d'après vous ?

— Il avait de nombreux ennemis, car il était très engagé et allait au bout de ses convictions. Il n'avait peur de rien ni de personne. C'était une sorte de justicier. Il en est mort. C'est horrible. Qui peut lui avoir tranché la gorge comme un vulgaire cochon ? C'est inhumain.

— Je vous remercie. Le meurtrier sera puni, croyez-moi. Une dernière chose. A-t-il évoqué devant vous ses différends avec le maire ?

— Un jour, il m'a dit qu'il y avait des histoires pas nettes à l'hôtel de ville, c'est tout.

Tout à coup, et après que l'ex-employé soit parti, un jeune homme bardé de diplômes recruté récemment à la mairie, frappe doucement à la porte du bureau du commissaire. Il se demande pourquoi il est convoqué par la police. Il n'a jamais rien fait de malhonnête dans sa vie. C'est un mec bien, il tient à le prouver à la face de ces inspecteurs. Depuis qu'il est en poste, il s'est bien aperçu que des appels d'offres n'étaient pas réguliers et que les entreprises étaient déjà choisies, mais il n'a rien répété, car c'est une pratique assez courante. Avec le temps, il y a des copinages et des dessous de table, c'est assez fréquent. Peut-être est-il convoqué pour ça, mais il ne dira rien, foi de secrétaire !

— Bonjour, cela fait à peine huit mois que je travaille à la mairie. Pourquoi suis-je convoqué ici ?

— C'est une pure formalité. Nous pensons qu'il peut y avoir un peu de corruption à la mairie. Avez-vous connaissance de ce genre d'éventualité ?

— Non pas du tout. Je suis un petit nouveau, je ne suis pas informé de toutes les affaires et je ne suis pas présent lors de la signature des contrats.

— Bien. M. Médoc se rendait-il souvent à l'hôtel de ville ?

— Oui. Ils s'enfermaient ensemble. On n'entendait rien.

— Jamais rien ?

— Non. Qu'insinuez-vous ? M. Civil est un homme très respectable.

— Le soir du meurtre, à quelle heure avez-vous quitté votre bureau ?

— Je suis parti vers 20 heures et je suis arrivé chez moi à 20 h 25 où m'attendaient ma femme et mes enfants.

— Bien. Nous vérifierons votre emploi du temps.

— Pas la peine, j'ai un témoin. Je suis sorti en même temps que monsieur le maire. À 20 h 10 exactement. Nous avons discuté un peu des affaires courantes puis nous nous sommes séparés pour rentrer chez nous. Il m'a dit qu'il était fatigué et se coucherait assez tôt.

— Merci. Tenez-vous à la disposition de la police !

— Vous ne croyez pas que c'est moi qui l'ai tué j'espère ?

Le secrétaire quitte le commissariat, inquiet tandis que Recherche saisit le combiné de son téléphone.

— Allo, inspecteur Aides, pouvez-vous recevoir madame Ventrevide à ma place ? Essayez de la cuisiner un peu pour connaître les différents agissements de son amant ?

Une heure plus tard, après avoir fait une petite pause pour se ragaillardir pour le grand rendez-vous avec le maire, il sonne enfin à la porte de la somptueuse demeure du premier magistrat de la ville.

— Que c'est beau chez vous !

— Oui, une longue vie de labeur pour obtenir ça. Je vous ai déjà fait visiter, commissaire, il me semble.

— J'aimerais revoir votre intérieur si cela ne vous gêne pas.

— Pourquoi êtes-vous venu chez moi ce soir ? Venons-en au fait.

— Très bien. Je ne suis là que pour un interrogatoire informel, détendez-vous.

— Je vous connais, vous ne faites rien au hasard.

— Pouvez-vous me rappeler l'heure où vous avez quitté la mairie le soir du meurtre ?

— Je vous l'ai déjà dit, mais je me suis trompé. Je suis parti vers 20 heures ce soir-là.

— Très bien.

Tout en parlant, le commissaire balaie du regard le vestibule dans lequel plusieurs vêtements sont suspendus à un portemanteau en bois. Puis, il aperçoit une cape qui ressemble étrangement à la description du témoin qu'il a reçu plusieurs semaines auparavant.

— Elle est à vous cette jolie cape noire dans l'entrée ?

— Pourquoi cette question ? Oui, il fait froid cet hiver et elle tient bien chaud.

— Vous avez raison M. le maire. Ce sera tout. Vous voyez, ce n'était pas long.

— Je ne suis plus suspect alors ?

— Ah, une petite dernière. Quels étaient vos rapports avec M. Médoc ?

— Pas très bons, je l'avoue. Son très fort caractère ne me convenait pas. Nous nous disputions assez souvent.

— Il n'y avait pas de contentieux entre vous ?

— Non, rien de grave.

— J'adore jouer au casino, vous voulez bien m'accompagner un jour ?

— Oh non, je n'y mets plus les pieds. Ce sont des lieux malsains qui me déplaisent au plus haut point.

— Très bien. Merci. Nous allons mener des investigations.

— Pour quelle raison ?

— Nous cherchons des indices qui nous permettront de trouver le meurtrier de M. MÉDOC.

À la suite de ces différents entretiens, le fonctionnaire de police et ses adjoints travaillent sans relâche. Ils ont pu perquisitionner les locaux de la mairie, ainsi que l'abattoir. Dans les archives de l'hôtel de ville, ils ont repéré des clés USB, d'anciens disques durs et des ordinateurs.

Chez M. Civil, après des nouvelles fouilles, des documents ont été saisis. Bien que rien ne prouve que la cape soit celle aperçue par le témoin, elle a été réquisitionnée.

Tous les éléments sont prêts à être étudiés par les services compétents. Les pièces à conviction sont placées sous scellés.

M. Civil se contredit souvent. Le boucher campe sur ses positions, le couteau a bien été volé. Ce qu'il ne sait pas, c'est que de l'ADN relevé dessus est identique au sien.

Les clés USB ainsi que les archives trouvées chez le maire ont dévoilé de nombreuses prises illégales d'intérêt, des abus de biens sociaux et des pots de vin dans le cadre d'attribution de marchés publics.

Quelques semaines passent. Il est 5 heures du matin. Le procureur de la République a réclamé la garde à vue de M. Civil et de M. Saigneur.

Tout le village est en attente de leurs révélations qui ne tarderont pas à venir, le commissaire en est convaincu.

Après plusieurs jours, le maire nie toute implication dans ce meurtre qu'il juge horrible.

Par contre, au bout de quarante-huit heures et de beaucoup de pression, le boucher finit par avouer qu'il s'est mis d'accord avec le maire pour assassiner Médoc.

— C'est lui qui l'a tué et j'ai fait le reste parce que ça ne rentrait pas dans le sac. Nous avons pensé, à tord, que vous ne retrouveriez pas facilement l'identité et les empreintes du macchabée.

Sur ces aveux, le commissaire fait un compte-rendu qu'il adresse à Lafouine. Le juge d'instruction va les mettre en examen.

MIXTE
Papier issu de sources responsables
Paper from responsible sources
FSC® C105338